羨慕　　　　　回答

卡利克松背後
的花紋很
不錯呢──
我真羨慕你
啊──

哪裡哪裡，
波波洛夫
的花紋也很
漂亮啊，
真好！

不不⋯

有有有

唉？

啥咪？

有只要說 **1次** 就夠了

橫紋君，
快住手！

有─────

Fluffy Book Series

橫紋君洒落劇場

Yokoshima-kun Theater Ohmori Hiroko

大森裕子

譯者・李建興

橫紋君是一隻純白色的貂，身上老穿著橫紋衫。喜歡虛張聲勢又愛抬槓，做事衝動又愛裝酷……
因此，總是不太坦率。

這樣彆扭的橫紋君，和好友間每天發生的爆笑日常瑣事，構成了——
『橫紋君洒落劇場』，現在開演！

小貂橫紋君 & 好朋友們

橫紋君
（貂·♂）

自己一個人住在獨棟小屋裡，雖然很喜歡打掃和做菜，但是超討厭洗衣服和燙衣服。表面看起來粗魯彆扭又愛挑剔，其實很怕寂寞……口頭禪是「嘖！」「哼！」還有「ㄘㄟˊ」。

粉紅妹
（貂·♀）

跟橫紋君是青梅竹馬的老厝邊。專長是附和橫紋君講的話，然後左耳進右耳出，裝作沒聽見或是爽快地吐槽。天真爛漫，食慾旺盛，只要肚子餓就會心情不爽。

金熊君

（倉鼠・♂）

沉默又帶點虛無的時髦倉鼠，靠華麗的背
心和超cool的微笑贏得女性的青睞，人氣
高到擁有專屬追星團體「嗶嗶女郎」。但
是不知何故，和彆扭的橫紋君挺投緣的。

嗶嗶女郎

（倉鼠・全部♀）

金熊君的追星團體，這個團體裡的規矩是
「絕不爭先恐後」。最近為了輪到誰當團
長好像有一點爭執……

石川淵男

（花豹・♂）

外表看起來很華麗，其實個性保守畏縮，
對自己沒有自信，對女性也完全缺乏魅
力。做的是業務工作，但是成績平平，似
乎覺得沒什麼面子的樣子。

木下雪子
（雪豹・♀）

偶爾出現在市區酒吧裡的神祕美女。總是一個人坐在吧台，但是散發出難以親近的光環。石川先生對她一見鍾情，但是不敢跟她搭訕。

卡利克松
（烏龜・♂）

興趣是鍛鍊肌肉，因為腳程慢曾被女友嫌棄，才開始發憤圖強。從跑步開始，目前則努力不斷地上健身房，但是看不出有什麼效果。

波波洛夫斯基
（七星瓢蟲・♂）

興趣是哲學，因為曾被女友嫌棄「你太單純了」，才開始發憤圖強。從《蟲子也看得懂的哲學》開始，目前拼命跑圖書館，但似乎搞錯了努力的方向。

袋田先生

（眼鏡鴞・♂）

本業是發明家，每晚都在鑽研各式各樣奇怪東西的發明。因嗜好而開始研究占卜，因為很靈驗而備受好評，於是白天也幹起算命師的活兒。最近因為失眠而煩惱中。

珍妮小姐

（棕熊・♀）

喜愛交際的活潑主婦，總是在煩惱該怎麼料理丈夫強尼先生捕回來的鮭魚。喜歡嘰哩呱啦。

強尼先生

（棕熊・♂）

獨來獨往的自由業漁夫，技術超強，彷彿能看穿鮭魚的想法，一心只想捕到夢幻的巨大鮭魚。個性沉默寡言。

今日特餐是
瓜地馬拉餐。

不要
指使我!

‥‥‥就點瓜地馬拉餐吧。

一件?
真是半調子。

衣服縮、縮水了⋯⋯

這小子
愈來愈黏人了。

你為什麼
　這麼有自信呢？

自信是不需要
　理由的!!

看什麼看？！
吃麵要用吸的，不能咬！

幹嘛聚在一起大驚小怪！
是沒看過貂走路喔？

为了忘掉過去，
奔跑吧！

要怎樣
　　才能活得
有個性呢？

會有這種煩惱，
　就表示你
　　　沒個性啦！

請收下！

遇到漂亮的女孩子
　　還是小心點比較好喔！

到底什麼是 「個性」啊？

橫紋君！
你給我住手！

老實說，
我對鮭魚
有點膩了…

你說你現在
在哪兒？

請收下！

讚美男人的方法——比較級

(例)

- 「謝謝」good . 「橫紋君，謝謝你！」

- 「好厲害」better . 「橫紋君，你好厲害!!」

- 「不愧是你啊」best! 「不愧是橫紋君啊!!!」

(應用範例)

「橫紋君，今天謝謝你了，
不愧是橫紋君呢，果然很厲害!!」

注意～
這是今天的重點！

要不要
出門逛逛？

你怎麼
打扮得像要去
菜市場一樣？

呃 ——————— ㄟ，

　嗯，等等，再等一下喔…

不是往這邊嗎？

倒！

34

生涯諮商

占卜

吱吱

喳喳

嘻嘻

35

生涯諮商

占卜

有時間尋找自我
的話，不如去
找點垃圾來撿吧？

恐嚇意味濃厚的人口。

石川老弟
只要一唱KㄊㄨV，
就變得生龍活虎
呢！

38

要說是不是我喜歡的型嘛
⋯⋯應該不是吧～

不能被女人壓死死，知不知道？

吃奇異果的時候，
　　鼻子不會冒汗嗎？

請您

收下！

先在烤網抹上醋，
肉就不會黏住了。

俺除了抓鮭魚以外，啥都不會啊⋯⋯

最近，我的背肌
　　　　愈來愈壯了～

我說啊，
妳怎麼老是
出剪刀咧——

吃鳳梨的時候，
　　　牙齒不會痠嗎？

男人的四大元素

- 自尊 Pride (P)
- 道德 Morale (M)
- 性慾 Eros (E)
- 愚蠢 Idiocy (I)

這題，
考試會出喔—

好痛！

你···你們說要來遊樂場，
應該不是為了
來坐雲霄飛車的吧？？？

53

你對於
不會做家事的大人
有什麼看法？

你現在幸福嗎～？

關你屁事！

偶爾聽到甜言蜜語，
就會讓人想
得寸進尺呢⋯⋯

你朋友
太少了…

真正的好朋友
一兩個就夠了吧！

「不幸」這個詞，
　可不能隨便掛在嘴上喔！

是妳
　　放的屁？

　　　　　　　　　　　　　　　　嗯

才沒有在交往啦！

我可不是刻意在這裡等唷！

這花是多出來的啦！

Fluffy
FZ0104

不要愛上我唷！

橫紋君洒落劇場
よこしまくん劇場

作者
大森裕子
譯者
李建興

主編 林怡君　發行人 孫思照
編輯 何曼瑄　董事長
美編 黃雅藍　總經理 莫昭平
執行企劃 鄭偉銘　總編輯 林馨琴

出版者　印刷 華展印刷有限公司
時報文化出版企業股份有限公司　初版一刷 二〇〇七年九月三日
定價 199元

台北市10803和平西路三段二四〇號三樓
客服專線 （〇二）二三〇四－七一〇三　政院新聞局局版北市業字第八〇號
郵撥 19344724 時報文化出版公司　版權所有，翻印必究
信箱 台北郵政七九～九九信箱　（缺頁或破損的書，請寄回更換）
　ISBN 978-957-13-4716-5
時報悅讀網 http://www.readingtimes.com.tw　Printed in Taiwan
電子郵件信箱 comics@readingtimes.com.tw
法律顧問 理律法律事務所陳長文律師、李念祖律師

よこしまくん劇場

國家圖書館出版品預行編目資料

橫紋君洒落劇場 / 大森裕子圖. 文. -- 初版.
--臺北市：時報文化, 2007 [民96]
面；　公分.
譯自：よこしまくん劇場
ISBN 978-957-13-4716-5
861.59　　　　　　　96014651

多餘的斑點　　半路換將